Yiyo se llama

Cuento tradicional del Brasil

adaptación de Lada Josefa Kratky

NATIONAL GEOGRAPHIC LEARNING | CENGAGE Learning®

Mayali tenía una muñeca que se llamaba Yiyo. La había hecho de una mazorca. Mayali jugaba con ella todo el día.

A veces su mamá la llamaba:

—Mayali, ayuda con las gallinas. Mayali, ayúdame.

Pero Mayali no la oía. Se pasaba el día con Yiyo.

Un día su mamá le dijo:

—Si no me ayudas, te quito a Yiyo.

Solo pensaba asustarla. Más tarde ese día, Mayali oyó a su mamá que la llamaba.

Entonces Mayali llevó a Yiyo al río. Pensó:

"La escondo aquí. Vengo por ella otro día".

Y fue a ayudar a su mamá.

Al otro día, comenzó a llover.
Mayali no pudo salir. Pasaron
muchos días de lluvia. Mayali
fue al río a buscar a Yiyo, pero
ya no la halló.

Pasaron días y semanas.
Entonces, un día, Mayali fue al
río otra vez. Había allí matas
altas y verdes. En las matas
halló muchas mazorcas.

—Yiyo, ¿dónde
estabas? Te busqué y te
busqué. Te tengo que vestir.
    Así fue que Mayali hizo otra
muñequita Yiyo, y muchas más.